LET THE FAITHFUL COME

DEJEN VENIR A LOS FIELES

MULTICULTURALISM ROCKS!

www.multiculturalism.rocks

STORY/CUENTO

ZETTA ELLIOTT

Let the Faithful Come

Dejen Venir a Los Fieles

ILLUSTRATIONS/ILUSTRACIONES

CHARITY RUSSELL

TRANSLATION BY/TRADUCCIÓN DE VILMA ÁLVAREZ-STEENWERTH

Rosetta Press

BOOKS BY/LIBROS DE ZETTA ELLIOTT

When a bright star shines

on a dark, silent night,

let the faithful come.

Cuando una estrella radiante brilla

en la oscura noche silenciosa,

dejen que vengan los fieles.

From places high and low,

across deserts and over seas,

let the faithful follow that glorious star.

Let them come.

Desde los lugares altos y bajos

a través de desiertos y cruzando océanos,

los fieles seguirán a esa estrella gloriosa.

Dejen que vengan.

And as they travel from near or far,

let fear and anger empty from their hearts.

Let them be filled with peace,

as the night sky is filled with radiant light.

Let them come.

Y mientras viajan de cerca o de lejos,

que el miedo y la ira salgan de sus corazones.

Llénense de paz,

igual que el cielo de la noche se llena con la luz radiante.

Dejen que vengan.

As they gather on this sacred journey,

let them embrace one another with compassion.

Let them comfort the weary and aid the weak,

let them stand together in patient expectation.

Ya que se reúnen en este viaje sagrado,

dejen que se abracen unos a otros con compasión.

Dejen que consuelen a los cansados y ayuden a los débiles,

dejen que juntos esperen pacientemente.

And when they enter that lowly place,
let them bow their heads with humble hearts.
Let them gaze upon the child with adoration,
and know that God is alive in this world.

Y cuando ellos entren en el modesto lugar,
dejen que inclinen la cabeza con corazón humilde.
Dejen que contemplen al niño con adoración
y sepan que Dios está vivo en este mundo.

For on this night a child is born,
and within this child—in every child—
God has planted a seed.
From this seed shall grow a mighty tree,
its boughs will be laden with
the fruit of peace and love.

Porque en esta noche ha nacido un niño
y dentro de este niño—en cada niño—
Dios ha plantado una semilla.
De esta semilla crecerá un árbol.
Sus ramas estarán cargadas
con la fruta de paz y amor.

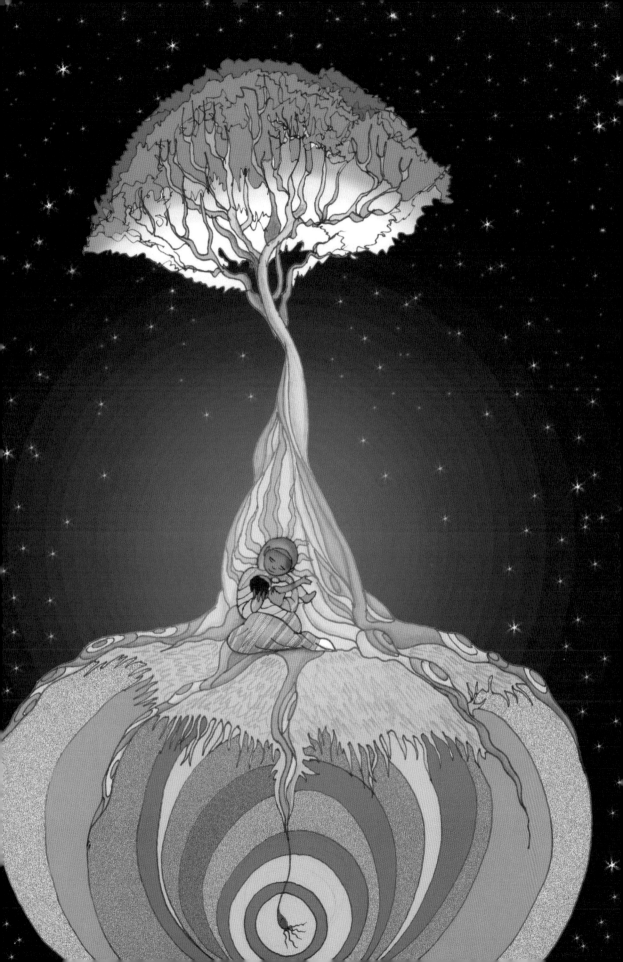

But first the seed must be nourished,

the child cared for tenderly.

Just as a fragile sapling is coaxed

from the soil and supported,

so must hope be brought into this world—

our most precious harvest.

Pero primero la semilla debe ser nutrida,

el niño cuidado tiernamente.

Al igual que un frágil retoño es ayudado

desde la tierra y sustentado,

así debe ser traída la esperanza a este mundo—

nuestra cosecha más preciada.

When this night has passed

and the brilliant star fades before the soft dawn,

let the faithful return to their homes

with hearts cleansed and uplifted.

Cuando esa noche haya pasado

y la estrella brillante se desvanezca antes del suave amanecer,

dejen que regresen los fieles a sus hogares

con corazones limpios y edificados.

Let them rejoice!

Let their songs ring golden like bells in the sun,

so that all who still slumber will wake and rise.

Let the faithful come!

¡Dejen que se regocijen!

Dejen que sus canciones doradas suenen como campanas en el sol,

así, todos los que todavía duermen despertarán y ascenderán.

¡Dejen que vengan los fieles!

About the Author

Born in Canada, Zetta Elliott moved to the US in 1994. Her books for young readers include the award-winning picture book *Bird, A Wish After Midnight, Ship of Souls,* and *The Deep.* She lives in Brooklyn and likes birds, glitter, and other magical things.

Learn more at www.zettaelliott.com

Information de la Autora

Zeta Elliottt nació en Canadá y en 1994 se estableció en los EEUU. Sus libros para lectores jóvenes han ganado varios premios. Entre ellos están los libros de imágenes como *Bird (Pájaro), A Wish After Midnight (Un deseo después de la medianoche), Ship of Souls (Nave de almas) y The Deep (La profundidad).* Ella vive en Brooklyn, le gustan los pájaros, lo brillante y otras cosas mágicas.

Obtenga más información en www.zettaelliott.com

About the Illustrator

Charity Russell has always loved drawing and has had a strange attraction to books, especially square ones! Becoming a children's book illustrator therefore seemed the perfect job for her, so she did a degree and then a Masters degree in Illustration and Design. She was born in Zambia to an Irish mum and English dad, and moved around a bit until settling in England as a teen. She can easily get lost in her work and likes creating strange worlds, objects, and creatures (her children included).

Learn more at www.charityrussell.com

Information de la Ilustradora

Siempre le ha gustado dibujar a Charity Russell, y ha sentido una extraña atracción por los libros, ¡especialmente los cuadrados! Así pues, el convertirse en ilustradora de libros para niños le pareció el trabajo perfecto para ella. Es por eso que obtuvo una licenciatura y después una maestría en ilustración y diseño. Ella nació en Zambia, su mami era irlandesa y su papi inglés. Viajó de un sitio a otro hasta establecerse en Inglaterra cuando era adolescente. Ella se enfrasca fácilmente en su trabajo y le agrada inventar mundos extraños, objetos y criaturas (incluyendo a sus hijos).

Obtenga más información en www.charityrussell.com

Made in the USA
Columbia, SC
04 December 2017